AF588674

17 MAI 1888 PN

COLLECTION

S. GOLDSCHMIDT

Tableaux Modernes

OBJETS D'ART

PARIS — 1888

complété d'après les ex. de [illegible] [illegible]

COLLECTION

S. GOLDSCHMIDT

PARIS. — IMPRIMERIE DE L'ART

E. MÉNARD ET Cie, 41, RUE DE LA VICTOIRE

corrigé sur le procès-verbal

CATALOGUE

DES

TABLEAUX MODERNES

ET DES

OBJETS D'ART

Composant l'importante Collection

DE FEU M. S. GOLDSCHMIDT

Salomon

ET DONT LA VENTE AURA LIEU

GALERIE GEORGES PETIT

8, rue de Sèze, 8

Les Jeudi 17, Vendredi 18 et Samedi 19 Mai 1888

A DEUX HEURES

COMMISSAIRE-PRISEUR

Me PAUL CHEVALLIER

10, rue Grange-Batelière, 10

EXPERTS

Pour les Tableaux :

M. E. FÉRAL, peintre
54, Faubourg-Montmartre, 54

M. GEORGES PETIT
12, rue Godot-de-Mauroi, 12

Pour les Objets d'Art :

M. CHARLES MANNHEIM
7, rue Saint-Georges, 7

EXPOSITIONS

PARTICULIÈRE
Le Mardi 15 Mai 1888
De 1 heure à 6 heures.

PUBLIQUE
Le Mercredi 16 Mai 1888
De 1 heure à 6 heures.

CONDITIONS DE LA VENTE

Elle sera faite au comptant.

Les acquéreurs payeront en sus des enchères *cinq pour cent*, applicables aux frais.

L'exposition mettant le public à même de se rendre compte de l'état des objets, il ne sera admis aucune réclamation une fois l'adjudication prononcée.

ORDRE DES VACATIONS *

Le Jeudi 17 Mai 1888

Tableaux modernes.	Nos	1 à 53

Le Vendredi 18 Mai 1888

Sculptures en ivoire.	—	71 à 73
Faïences italiennes.	—	108 à 125
Faïences hispano-mauresques.	—	126 à 129
Faïences de Palissy.	—	130 à 131
Grès et terres émaillées.	—	132 à 146
Émaux champlevés.	—	147 à 151
Émaux de Limoges.	—	152 à 172
Objets variés.	—	195 à 199

Le Samedi 19 Mai 1888

Bronzes de Barye.	—	54 à 60
Sculptures.	—	61 à 70
Bronzes d'art.	—	74 à 107
Matières dures.	—	173 à 177
Objets en fer.	—	178 à 185
Étain	—	186
Cuivres.	—	187 à 194
Meubles.	—	200 à 208

* *N. B. — L'ordre numérique ne sera pas suivi.*

Les plaquettes et les médailles faisant partie de la collection de M. S. GOLDSCHMIDT *seront vendues à l'hôtel Drouot, le Mardi 22 Mai, et seront exposées le Lundi 21 Mai 1888.*

TABLEAUX MODERNES

ET AQUARELLES

BONINGTON

1 — *La Route.* 4300

Toile. Haut., 33 cent.; larg., 44 cent. Arnold

COROT

2 — *Le Château de Fontainebleau.* 8000 / 6000

Toile. Haut., 23 cent.; larg., 37 cent. Fournier (Fauré Lepage)

DECAMPS

3 — *Cour de ferme.* 30000 / 30400

Bois. Haut., 59 cent.; larg., 41 cent. Blumenthal

DECAMPS

4 — *Paysan italien allumant sa pipe.*

Toile. Haut., 36 cent.; larg., 28 cent.

DECAMPS

5 — *La Porchère.*

Bois. Haut., 17 cent.; larg., 33 cent.

DECAMPS

6 — *La Chasse au miroir.*

Bois. Haut., 18 cent.; larg., 33 cent.

DECAMPS

7 — *Le Chat, le Lapin et la Belette.*

Toile. Haut., 23 cent.; larg., 34 cent.

DECAMPS

8 — *La Chasse au renard.* 15000 / 12000

Bois. Haut., 23 cent.; larg., 32 cent. Paulme (Bianchi)

DECAMPS

9 — *Boule-dogue et Terrier écossais.* 25000 / 16600

Toile. Haut., 1 mètre; larg., 1 m. 30 cent.

DECAMPS

10 — *Repos de la Sainte Famille.* 12000 / 9000

Toile. Haut., 31 cent.; larg., 40 cent. Succession

DECAMPS

11 — *Paysage.* 6000 / 3500

Bois. Haut., 14 cent.; larg., 17 cent. Succession

DECAMPS

12 — *Diogène jetant sa sébile.*

Haut., 47 cent.; larg., 60 cent.

DECAMPS

13 — *Les Petits Mendiants.*

Haut., 37 cent.; larg., 47 cent.

DECAMPS

14 — *La Porcherie.*

Toile. Haut., 17 cent.; larg., 21 cent.

DECAMPS

15 — *Saint Pierre.*

Bois. Haut., 25 cent.; larg., 18 cent.

DECAMPS

16 — *Une Barque turque.*

Toile. Haut., 26 cent.; larg., 40 cent.

DECAMPS

17 — *Ruines ; paysage italien.*

Bois. Haut., 23 cent.; larg., 28 cent.

DECAMPS

18 — *Diogène.*

Toile. Haut., 22 cent.; larg., 30 cent.

DECAMPS

19 — *La Chasse aux canards.*

Toile. Haut., 9 cent.; larg., 13 cent.

DECAMPS

20 — *Cavaliers sur une route.*

Bois, forme ovale. Haut., 11 cent.; larg., 14 cent.

DECAMPS

21 — *Saül poursuivant David.*

Toile. Haut., 80 cent.; larg., 1 m. 20 cent.

DECAMPS

22 — *Le Centenier.*

Toile. Haut., 1 m. 20 cent.; larg., 1 m. 50 cent.

DECAMPS

23 — *La Fuite de Loth.*

Toile. Haut., 1 m. 15 cent.; larg., 1 m. 63 cent.

DECAMPS

24 — *Gaza.*

Toile. Haut., 46 cent.; larg., 55 cent.

DECAMPS

25 — *L'Aumône.*

Haut., 19 cent.; larg., 25 cent.

DECAMPS

26 — *Sancho.*

Dessin. Haut., 18 cent.; larg., 24 cent.

DECAMPS

27 — *Entrée de Jésus dans Jérusalem.*

Dessin. Haut., 38 cent.; larg., 30 cent.

DELACROIX

(EUGÈNE)

25000 / 25400 Porto-Riche

28 — *Herminie et les Bergers.*

Toile. Haut., 80 cent.; larg., 1 mètre.

DELACROIX

(EUGÈNE)

15000 / 7600 Succession

29 — *Choc de cavaliers arabes.*

Toile. Haut., 80 cent.; larg., 98 cent.

DELACROIX

(EUGÈNE)

15000 / 12200 Arnold

30 — *Les Joueurs d'échecs.*

Toile. Haut., 46 cent.; larg., 54 cent.

DELACROIX

(EUGÈNE)

31 — *Les Côtes du Maroc.*

Toile. Haut., 80 cent.; larg., 1 mètre.

40000 / 50000 Fanien

DELACROIX

(EUGÈNE)

32 — *Cavalier grec.*

Toile. Haut., 50 cent.; larg., 60 cent.

12000 / 9200 Durand Ruel

DELACROIX

(EUGÈNE)

33 — *Christ en croix.*

Bois. Haut., 40 cent.; larg., 32 cent.

10000 / 15600 Deschamps 2 rue de Penthièvre

DELACROIX

(EUGÈNE)

34 — *Enlèvement de Rébecca.*

Toile. Haut., 1 mètre ; larg., 81 cent.

DELACROIX

(EUGÈNE)

35 — *Bonaparte en Italie.*

Toile. Haut., 44 cent.; larg., 60 cent.

DELACROIX

(EUGÈNE)

36 — *Adieux d'Hamlet et d'Ophélie.*

Toile. Haut., 28 cent.; larg., 21 cent.

DELACROIX

(EUGÈNE)

37 — *Marguerite à l'église.*

Dessin à la sépia. Haut., 22 cent.; larg., 20 cent.

DIAZ

38 — *Clairière en forêt.*

Bois. Haut., 25 cent.; larg., 20 cent.

DUPRÉ

(JULES)

39 — *Le Moulin à vent.*

Toile. Haut., 25 cent.; larg., 43 cent.

DUPRÉ

(JULES)

40 — *Cerf sous bois.*

Toile. Haut., 55 cent.; larg., 74 cent.

GÉRICAULT

41 — *L'Amazone.*

Toile. Haut., 44 cent.; larg., 35 cent.

MEISSONIER

(ERNEST)

42 — *Le Docteur.*

Toile. Haut., 21 cent.; larg., 15 cent.

MILLET

(JEAN-FRANÇOIS)

43 — *Le Retour des champs.*

Dessin. Haut., 31 cent.; larg., 42 cent.

MILLET

(JEAN-FRANÇOIS)

44 — *Entrée de la forêt, à Barbizon.* 2000 / 1250

Dessin. Haut., 37 cent.; larg., 27 cent. Boussod

ROUSSEAU

(THÉODORE)

45 — *La Rivière.* 20000 / 25000

Bois. Haut., 19 cent.; larg., 26 cent. ~~Arnold et ...~~ Bague

ROUSSEAU

(THÉODORE)

46 — *Le Sentier; effet d'automne.* 5000 / 5000

Bois. Haut., 12 cent.; larg., 19 cent. Arnold

ROUSSEAU

(THÉODORE)

47 — *Lisière de la forêt de Fontainebleau.*

Toile. Haut., 89 cent.; larg., 1 m. 15 cent.

TROYON

(CONSTANT)

48 — *La Vallée de la Touques.*

Haut., 1 m. 90 cent., larg., 2 m. 65 cent.

TROYON

(CONSTANT)

49 — *La Barrière.*

Toile. Haut., 90 cent.; larg., 1 m. 15 cent.

TROYON

(CONSTANT)

50 — *L'Abreuvoir, le matin.*

Toile. Haut., 40 cent.; larg., 32 cent.

TROYON

(CONSTANT)

51 — *Chèvres et roses trémières.*

Toile. Haut., 82 cent.; larg., 64 cent.

TROYON

(CONSTANT)

52 — *La Bièvre; effet de neige.*

Toile. Haut., 46 cent.; larg., 55 cent.

ZIEM

53 — *Venise au coucher du soleil.*

Toile. Haut., 98 cent.; larg., 1 m. 35 cent.

OBJETS D'ART

BRONZES DE BARYE

54 — Groupe de deux cavaliers arabes combattant un lion. Patine brun clair. Ancienne épreuve. 2100

Haut., 35 cent.; larg., 37 cent.

55 — Thésée combattant le centaure Biennor. Groupe muni d'une patine brune. Ancienne épreuve. 1880

Haut., 33 cent.; larg., 36 cent.

56 — Groupe : Lion écrasant un serpent. Patine brun clair. Ancienne épreuve. 1800

Haut., 23 cent.; larg., 34 cent.

57 — Taureau debout, dans l'attitude de la défense. Patine brun clair. Ancienne épreuve. 1680

Haut., 17 cent.; larg., 27 cent.

58 — Panthère passant. Patine brun clair. Sur socle en marbre noir. Ancienne épreuve. 950

Haut., 11 cent.; larg., 18 cent.

59 — Cheval au repos. Patine brun clair. Sur socle en marbre noir. Ancienne épreuve.

Haut., 12 cent.; larg., 19 cent.

60 — Oiseau de proie sur un tronc d'arbre. Patine brun clair. Ancienne épreuve.

Haut., 21 cent.

SCULPTURES

61 — Bois peint. Buste supposé d'Isote de Rimini, grandeur nature; son costume, à fond rouge et bleu, est rehaussé de dorure. Italie, fin du xve siècle.

Haut., 55 cent.

62 — Bois peint. Groupe : Saint Georges debout terrassant le dragon. xve siècle.

Haut., 42 cent.

63 — Bois peint et doré. Haut-relief provenant d'un retable et représentant une scène de mariage. Composition de treize figures. Premières années du xvie siècle.

Haut., 45 cent.; larg., 43 cent.

64 — Bois peint. Deux statuettes de saintes femmes debout. Leurs vêtements sont rehaussés de dorure. XVIIe siècle. 320

Haut., 44 cent.

65 — Marbre blanc. Statuette de sainte femme debout, la tête enveloppée d'une barbette et d'un voile. Elle porte deux missels de la main gauche et un fruit de la droite. France, XVe siècle. 1000

Haut., 64 cent.

66 — Marbre blanc. Buste d'adolescent, grandeur nature, la tête penchée et regardant à gauche, couverte d'une chevelure abondante retenue par un ruban. Ébauche intéressante et d'un beau caractère de l'école de Michel-Ange. 12500 Stettiner

Hauteur, y compris le piédouche, 48 cent.

67 — Marbre blanc. Buste d'Auguste Doria, duc de Gênes, grandeur nature, portant une couronne et une collerette plissée. Le socle à consoles porte l'inscription suivante : Serenissimvs Avgvstinvs Doria Dvx. Genvae MDCI. 2600 Mme J. Pereire

Hauteur totale, 72 cent.

Collection Bouruet-Aubertot.

68 — Marbre blanc. Bas-relief rectangulaire attri- 955

bué à Tullio Lombardo. Il représente un génie ailé, des rinceaux feuillagés et fleuris, un lézard et un oiseau.

Haut., 36 cent.; larg., 1 m. 6.

69 — Marbre blanc. Vase couvert à panse ovoïde décorée de guirlandes de fruits et de bucranes reliés aux anses à l'aide de rubans ; ces anses sont formées chacune de deux dauphins accolés pris dans le bloc; la gorge est décorée de cannelures en spirale et le culot est enrichi de larges feuilles en relief. Plinthe en marbre vert antique. Travail du XVIe siècle de style antique.

Haut., 48 cent.

70 — Marbre jaspé de Sicile. Panthère assise, d'après l'antique et tournée vers la gauche. Sur plinthe en marbre vert antique et socle en bois noir.

Hauteur totale, 51 cent.; larg., 47 cent.

71 — Ivoire. Dessus de coffret divisé en quatre compartiments représentant des scènes de la vie privée sculptées en bas-relief. Ces sujets sont placés sous des motifs d'architecture gothique. XIVe siècle.

Long., 158 millim.; larg., 95 millim.

Collection Bouvier, d'Amiens.

72 — Ivoire. Dessus de coffret de même époque que celui qui précède et offrant des sujets analogues. 360

Long., 115 millim.; larg., 7 cent.

Collection Bouvier, d'Amiens.

73 — Ivoire. Groupe : la Vierge debout, couverte d'une ample draperie, porte l'Enfant Jésus de ses deux bras. Ce dernier tient un fruit de la main droite. xviie siècle. 470

Haut., 21 cent.

BRONZES D'ART

74 — Bronze antique. Statuette : Vénus debout, couronnée de fleurs, sur socle carré. Patine verte. 1000

Hauteur totale, 202 millim.

75 — Buste, grandeur nature, de Lucius Vérus (?). Bronze italien du xvie siècle. Patine brun foncé. 4500 Mannheim

Haut., y compris le piédouche et le socle en bois noir, 60 cent.

76 — Buste, plus grand que nature : Archytas de Tarente, d'après l'antique du *Musée de* 1200 Ehrent

Naples. Les yeux sont incrustés d'argent. Bronze italien du XVIe siècle.

Hauteur, y compris le piédouche en marbre, 57 cent.

Collection Pourtalès.

1900 Stettiner

77 — Tête de faune en bronze, grandeur petite nature, infléchie vers la gauche et s'échappant d'une draperie en albâtre oriental. Italie, XVIe siècle.

Hauteur totale, 51 cent.

2900

78 — Buste d'homme imberbe, moulé sur l'antique; grandeur naturelle. Bronze muni d'une patine brune. Italie, XVIe siècle.

Hauteur, y compris le piédouche, 51 cent.

Collection Pourtalès.

3200 Bischoffsheim

79 — Statuette : Vénus, debout et tenant un cœur, tourne la tête en prenant la main d'un amour sans ailes et portant un carquois. Ces figures reposent sur une base de forme ronde entourée de hauts-reliefs représentant trois chimères ailées, alternées de satyres assis les jambes croisées. XVIe siècle.

Hauteur, 53 cent.

Collection Pourtalès.

80 — Statuette : Bacchante debout, le corps couvert en partie par une draperie et tenant une cymbale de chaque main. Bronze italien, XVIe siècle. 10500

Haut., 48 cent.

81 — Le Tireur d'épine, d'après l'antique, assis sur une base triangulaire ornée de mascarons et de rinceaux en relief et reposant sur un socle large à trois faces et à angles coupés, décoré de cartouches, de trophées d'armes et de rinceaux, terminés par l'avant de chevaux ailés. Bronze muni d'une patine brune. Italie, XVIe siècle. base moderne 8500 Mannheim

Haut., 21 cent.

82 — Groupe fondu à cire perdue : Vénus nue, assise sur un dauphin ; à sa gauche, un petit amour assis sur un carquois. Fonte très légère, patine brune. Italie, XVIe siècle. 4200 Durlacher

Haut., 21 cent.

83 — Statuette : Vénus debout, tenant la pomme de la main gauche ; son épaule gauche est couverte par une draperie qui passe derrière le corps et qu'elle retient de la main droite. Bronze muni d'une patine brune. Italie, XVIe siècle. 850 Bischoffsheim

Haut., 25 cent.

84 — Statuette : Suivant de Bacchus debout, couronné de pampres. Il tient de la main droite une grappe de raisin et son bras droit passe au-dessus de sa tête ; de la main gauche, il tient une coupe qui repose sur son épaule gauche. Bronze muni d'une patine brune. Italie, XVI. siècle.

Haut., 26 cent.

85 — Statuette : Hercule debout, tenant la massue de la main gauche et les pommes des Hespérides de la droite. Italie, XVIe siècle.

Haut., 19 cent.

86 — Statuette de gladiateur, debout sur une cuirasse, en bronze. XVIe siècle.

Haut., 41 cent.

Collection Norzy.

87 — Statuette : Vénus sortant du bain. Bronze italien du XVIe siècle.

Haut., 33 cent.

88 — Deux petits bustes en bronze du XVIe siècle : Personnages célèbres de l'antiquité, sur socles en marbre.

Hauteur totale, 21 cent.

89 — Petit groupe : Triton à califourchon sur une tortue et soufflant dans une conque. La base adhérente est de forme octogone. Bronze florentin du XVIe siècle en partie doré. 680 Mannheim

Haut., 15 cent.

90 — Petit buste de César, en bronze, sur piédouche en bronze doré. Travail italien du XVIe siècle. 200

Hauteur totale, 21 cent.

91 — Encrier de forme triangulaire, en bronze, orné de bas-reliefs jeux d'enfants. Travail italien du XVIe siècle. Fausse 240

Haut., 95 millim.; larg., 125 millim.

92 — Encrier de forme triangulaire, en bronze, décoré de mufles de lions et d'ornements et reposant sur trois pieds à griffes de lions et à feuillages. Italie, XVIe siècle. 250 ou 150 Boy

Haut., 75 millim.

93 — Écritoire formée d'une tête de satyre et d'une tête d'aigle accolées. Bronze italien du XVIe siècle. 460

Haut., 10 cent.

94 — Belle paire de flambeaux en bronze à pied évasé, décoré de guirlandes de fruits et de mascarons ; la tige est formée par des figures de satyres accolées supportant la douille décorée de figures fantastiques. Italie, xvie siècle.

Haut., 25 cent.

95 — Marteau de porte en bronze, composé d'une femme vue à mi-corps et de rinceaux. Italie, xvie siècle.

Haut., 23 cent.; larg., 18 cent.

96 — Mortier en forme de vase, en bronze. Il offre au pourtour des licornes, des dragons ailés, des oiseaux, etc., en relief, et des moulures ornées haut et bas. Italie, xvie siècle.

Haut., 13 cent.

97 — Petit vase à col évasé sur piédouche et à deux anses formées de cariatides ; il est décoré au pourtour de guirlandes de fruits reliées à des anneaux que des mufles de lions tiennent dans leur gueule, de quatre médaillons-bustes et d'ornements variés, le tout en relief; ils présentent sur chacune de leurs faces un écusson armorié. Italie, xvie siècle.

Haut., 14 cent.

98 — Mortier à deux anses, en métal de cloche, décoré de figures et d'ornements en relief et portant l'inscription suivante : LENEVIN BATILERE ME FECIT ANNO DOMINI M. CCCCC. XXXI. 1050

Haut., 17 cent.

Collection Henneveu.

99 — Petit coffret carré en bronze, offrant sur chacune de ses faces un bas-relief représentant diverses scènes tirées de l'histoire de Jésus, des ornements de la Renaissance et des figures fantastiques. Italie, XVIe siècle. 310

Haut., 7 cent.; larg., 11 cent.

Collection du baron de Theïs.

100 — Sonnette en bronze, décorée de figures et d'ornements en relief. XVIe siècle. 410

Hauteur, sans le manche, 9 cent.

101 — Sonnette en bronze, décorée d'oiseaux, de draperies et de guirlandes. Italie, XVIe siècle. 205 Brauer

Haut., 13 cent.

102 — Statuette d'après l'antique : Silène debout, tenant une outre de la main droite et s'appuyant 2400 S. de Gunzburg

sur un tronc d'arbre. Il tient une coupe de la main gauche. Bronze français du XVIIe siècle.

Haut., 36 cent.

103 — Groupe : Hercule, dans l'attitude de la marche, porte le sanglier de Calydon sur son épaule gauche en s'aidant de sa massue qu'il tient de la main droite et qui passe sous le dos de l'animal. Bronze français.

Haut., 48 cent.

104 — Groupe : Hercule, armé d'une massue, terrassant le centaure Nessus. Bronze français du XVIIe siècle.

Haut., 43 cent.

105 — Deux statuettes : Suivant de Bacchus et Antinoüs debout. Bronzes français du XVIIIe siècle, patine brune.

Haut., 37 cent.

106 — Le Taureau du Capitole, beau bronze du temps de Louis XIV.

Haut., 37 cent.; larg., 40 cent.

107 — Groupe : Statuette équestre de Frédéric le

Grand. La terrasse porte l'inscription suivante : E. Bardou fecit a Berlin, 1778. Bronze muni d'une patine brune. Le socle ovale en marbre est garni d'appliques en bronze représentant des trophées d'armes et le chiffre du roi surmonté de la couronne royale.

Hauteur totale, 48 cent.; larg., 28 cent.

FAIENCES ITALIENNES

108 — Fabrique de Gubbio. Très beau plat forme dite *cuppa amatoria*, à décor à reflets métalliques rouge rubis, mordorés et bleu nacré. Il représente le sujet d'Énée portant son père Anchise et précédé du jeune Ascagne. Il porte au revers l'indication du sujet, ainsi que la date de 1539. Nous attribuons le décor de cette pièce à Georges Andreoli (maestro Giorgio). 2000 Mannheim

Diam., 26 cent.

Collection Léonce Mahou.

109 — Fabrique de Gubbio. Belle coupe ronde à décor à reflets métalliques irisés et rouge rubis, représentant Moïse en buste tenant les Tables 1600 Bourgeois

de la Loi. Très bel émail. Dans un cadre en bois sculpté doré en partie.

Diamètre sans cadre, 25 cent.

Collection de Salverte.

3900 Bourgeois

110 — Fabrique de Gubbio. Plat rond à décor à reflets métalliques cuivreux et mordorés rehaussé de bleu et de vert sur fond bleu. Il est couvert de dauphins, de cornes d'abondance, de draperies, d'une coquille, d'une tête de chérubin et d'un mascaron au-dessous duquel un cartouche rectangulaire porte l'inscription : *Omnia vincit amor*. Première moitié du XVIe siècle. manque au centre

Diam., 25 cent.

3100 Mannheim

111 — Fabrique de Gubbio. Petit plat rond et creux, forme dite *cuppa amatoria*, décor à reflets métalliques mordorés et rouge rubis ; au fond, tête de femme de profil à droite sur fond bleu ; au marli, feuilles et ornements ombrés de bleu sur fond blanc.

Diam., 24 cent.

1600 Lowengard

112 — Fabrique de Gubbio. Plat de même forme que celui qui précède, à décor à reflets métalliques mordorés et bleu nacré sur fond bleu. Au fond, un écusson armorié ; au pourtour et au

marli, cornes d'abondance, serpents, têtes d'hommes et de chevaux fantastiques, mains enlacées, têtes de chérubins et banderole portant l'inscription suivante : *p. Amor io ardo in focho e moro.*

Diam., 25 cent.

113 — Fabrique de Pesaro. Beau plat rond à décor à reflets métalliques irisés, bleu nacré et rehaussé de bleu. Au fond, cavalier en costume du XVIe siècle, avec figure de jeune femme en croupe. Au marli, palmettes ornées et imbrications. Belle qualité.

Diam., 41 cent.

Collection de Salverte.

114 — Fabrique de Pesaro. Plat rond à décor à reflets métalliques mordorés et bleus. Au fond, buste de femme avec banderole et inscription. Au marli, imbrications.

Diam., 43 cent.

Collection Rivet.

115 — Fabrique de Pesaro. Grand plat rond à décor à reflets métalliques mordorés et bleu

nacré rehaussé de bleu. Au fond, buste de femme et lettre initiale G. Au marli, imbrications et palmettes.

Diam., 43 cent.

Collection du baron de Theïs.

116 — Fabrique de Pesaro. Vase en forme de balustre à deux anses reliant le col à la panse. Décor à reflets métalliques mordorés et bleu nacré avec rehauts de bleu sur fond blanc. Il est couvert de rinceaux, de feuilles, de faux godrons, d'ornements variés et porte sur chacune de ses faces, sur le col, un écusson armorié.

Haut., 28 cent.

117 — Fabrique d'Urbino. Deux vases ovoïdes à col évasé et à deux anses têtes de satyres surmontées d'enroulements. Ils sont décorés de paysages accidentés et présentent, au-dessus de banderoles portant des inscriptions pharmaceutiques, une figure de souveraine assise, ainsi que deux génies ailés.

Haut., 33 cent.

118 — Fabrique d'Urbino. Deux coupes rondes. L'une est décorée d'un buste de guerrier de

profil à droite, et l'autre d'un buste de femme de face se détachant en couleurs sur fond bleu. XVIe siècle.

Diam., 20 cent.

119 — Fabrique d'Urbino. Carreau de revêtement décoré de grotesques, de dragons, de paons et d'amours en couleurs sur fond noir. 620 Odiot

Larg., 16 cent.

120 — Fabrique de Faenza. Deux jolis flambeaux de forme surbaissée, dite vénitienne, décorés de trophées d'armes, de mascarons et d'ornements en camaïeu bleu rehaussé de blanc sur fond bleu foncé. Quoique différentes de dessin, ces deux pièces peuvent se faire pendants. 10100 Lowengard

Haut., 17 cent.

Collection Timbal.

121 — Fabrique de Faenza. Petit plat rond, forme dite *cuppa amatoria*, décoré d'arabesques en grisaille sur fond bleu, et présentant au centre un buste d'ange martyr. Date de 1535. 720 Froschels

Diam., 23 cent.

122 — Fabrique de Castel-Durante. Deux vases ovoïdes décorés d'ornements sur fond varié de 600 Froschels

nuances ; au-dessus de l'inscription pharmaceutique est un écusson qui renferme un lion passant à gauche.

Hauteur, sans la monture en bois noir, 36 cent.

123 — Fabrique de Castel-Durante. Deux cornets mi-partie à fond jaune d'ocre et mi-partie à fond bleu. La face jaune d'ocre présente des trophées d'armes en camaïeu, ainsi que des médaillons, bustes de femme et de saint personnage. Sur la face à fond bleu se détachent des dauphins, des cornes d'abondance et des rinceaux fleuris, ainsi qu'un écusson armorié en camaïeu bleu avec rehauts de jaune.

Haut., 28 cent.

124 — Fabrique de Castel-Durante. Deux forts vases à panse cylindrique décorés de trophées d'armes en camaïeu jaune sur fond bleu ; ils sont enrichis chacun d'un buste d'homme et d'un buste de femme.

Hauteur, sans la monture en bois noir, 35 cent.

125 — Fabrique de Castel-Durante. Deux cornets décorés de figures mythologiques dans un paysage et portant des armoiries soutenues par deux génies ailés.

Haut., 31 cent.

FAIENCES HISPANO-MAURESQUES

ET DE PERSE

126 — Fabrique hispano-mauresque. Grand et beau plat rond à décor à reflets métalliques mordorés et offrant au centre les armes de Giovani Aleotto, célèbre condottiere de Pise. Reflets très brillants.

Diam., 43 cent.

Collection Rivet.

4000 Lowengard

127 — Fabrique hispano-mauresque. Très beau bassin rond à décor à reflets métalliques mordorés et dessins bleus. Il est couvert d'arabesques et présente deux figures debout grossièrement dessinées se faisant pendants. Au revers, aigle héraldique et feuillages à reflets mordorés.

Diam., 46 cent.

Collection Léonce Mahou.

7100 Bachereau (ou Bernard)

128 — Fabrique hispano-mauresque. Plat à décor de feuillages à reflets métalliques. Au revers, un aigle aux ailes éployées.

Diam., 42 cent.

1600 Durlacher

2400 Durlacher

129 — Fabrique de Perse. Plat rond sans bord, couvert d'une gerbe de fleurs se détachant en couleurs sur fond blanc ; le pourtour extérieur est semé de fleurettes.

Diam., 33 cent.

FAIENCES DE BERNARD PALISSY

1300 Grünberg

130 — Fabrique de Palissy. Plat ovale à décor en relief émaillé en couleurs ; au fond, le sujet dit : la Belle Jardinière ; le bord plat présente des palmettes, obtenues à l'aide d'un cachet, émaillées vert et violet bordées d'un ornement jaune ; le revers est jaspé d'émail bleu, vert et brun sur fond bis.

Haut., 26 cent. ; larg., 33 cent.

400 Froschels

131 — Fabrique de Palissy. Coupe ronde à bords festonnés à décor en relief émaillé en couleurs. Au fond, bacchanale d'enfants ; au pourtour, marguerites se détachant sur fond brun et feuilles d'entredeux à fond bleu rehaussé d'ornements blancs.

Diam., 30 cent.

GRÈS ET TERRES ÉMAILLÉES

132 — Grès gris de Siegbourg. Cruche conique portant en relief les armes de l'Empire et d'Angleterre. Date de 1573. Couvercle en étain.

Haut., 26 cent.

133 — Grès de Raeren. Cruche à panse ovoïde en grès émaillé gris et brun ; elle présente, sur sa face principale, une rosace rayonnante découpée à jour, et son col est décoré d'un mascaron en relief.

Haut., 27 cent.

134 — Grès de Raeren. Cruche analogue à celle qui précède, émaillée bleu, gris et violet. Le centre de la rosace de celle-ci est occupé par un écusson surmonté de la date 1682.

Haut., 26 cent.

135 — Grès de Raeren. Tonnelet à ornements en relief émaillés bleu et violet sur fond gris.

Larg., 30 cent.

136 — Grès émaillé gris. Pot cylindrique à une

anse, couvert de cinq zones d'ornements gravés et de festons de fleurs en relief. Couvercle en étain.

Haut., 23 cent.

100 Mannheim

137 — Grès émaillé gris et bleu. Cruche à panse ovoïde et col droit, décorée, au pourtour, des écussons de sept des électeurs, et, au col, d'une frise d'ornements. Couvercle en étain.

Haut., 26 cent.

80 Simon Goldschmidt

138 — Cruche analogue à celle qui précède et pouvant lui servir de pendant.

Haut., 26 cent.

55 Bernard

139 — Grès émaillé brun. Pot à tabac à deux anses, décoré de mascarons et d'ornements en relief; il est garni d'un couvercle s'ouvrant en deux parties.

Haut., 19 cent.

35 Froschels

140 — Grès émaillé gris. Cruche à panse sphérique et long col; elle offre, au pourtour de la panse, trois écussons armoriés entourés de feuilles en relief. Date de 1680. Couvercle en étain.

Haut., 30 cent.

141 — GRÈS ÉMAILLÉ GRIS. Cruche de même forme, couverte de rinceaux fleuris. Couvercle en étain.

Haut., 26 cent.

40
Bernard

142 — GRÈS ÉMAILLÉ BRUN. Cruche à panse droite, offrant, au pourtour, des groupes de danseurs, et, au col, des mascarons et des ornements.

Haut., 31 cent.

105
Horwey ?

143 — GRÈS ÉMAILLÉ GRIS, BLEU ET VIOLET. Encrier oblong à décor en relief; sur sa face principale, frise d'ornements et tête de chérubin; sur les faces latérales, un lion couché, et, sur la face postérieure, une tête de chérubin.

Haut., 10 cent.; larg., 20 cent.

175
Benzel ?

144 — TERRE DE CREUSSEN. Pot à bière en terre émaillée en couleurs et or sur fond brun. Il présente, au pourtour, les figures des apôtres en relief. Le couvercle, en étain gravé, porte des inscriptions allemandes et la date de 1662.

Haut., 19 cent.

200
id.

145 — TERRE DE CREUSSEN. Pot analogue à celui qui précède.

Haut., 14 cent.

90
Brisac

146 — Terre de Creussen. Pot à anse décoré d'un buste, de sujets de chasse, de fleurs et d'ornements émaillés en couleur et rehaussés d'or sur fond brun. Monture en étain. Date de 1676.

Haut., 16 cent.

ÉMAUX CHAMPLEVÉS

147 — Deux petites plaques rectangulaires en hauteur, en cuivre champlevé et émaillé en couleurs sur fond doré; l'une représente une figure allégorique de l'Espérance, et l'autre la figure d'*Aaron*. Travail des bords du Rhin. XIIe siècle.

Haut., 63 millim.; larg., 54 millim.

Collection Bouvier, d'Amiens.

148 — Châsse en forme de grange en cuivre champlevé et émaillé à fond bleu. Sa face principale offre, en deux registres, deux scènes tirées de la vie du Christ, dont les personnages, réservés en cuivre gravé et doré, ont les têtes rapportées en relief; le registre inférieur présente le sujet de l'Adoration des Mages, et le supérieur, le Couronnement de la Vierge. Les faces latérales offrent chacune une figure de saint personnage debout, et la face postérieure, des ro-

saces qui se détachent en couleur sur un fond d'émail bleu et vert alternés. Limoges, XIIIe siècle.

Haut., 186 millim.; larg., 220 millim.

149 — Châsse en forme de grange en cuivre champ- 1600
levé et émaillé, sur fond finement gravé et doré. Bourgeois
Elle présente, sur sa face principale, les quatre évangélistes, vus à mi-jambes sous des arceaux à plein cintre ; sur ses faces latérales, des figures d'anges, et, sur la face postérieure, des rosaces polychromes. Limoges, XIIIe siècle.

Haut., 16 cent.; larg., 19 cent.

Collection Poncelet, d'Auxerre.

150 — Six plaques rondes en cuivre champlevé et 700
émaillé à fond bleu ; chacune d'elles porte un Bourgeois
écusson armorié ainsi que des rinceaux. Limoges, XIIIe siècle.

Diam., 70 millim.

151 — Plaque provenant d'une châsse en cuivre 100
champlevé et émaillé, avec faces saillantes sur Picard
fond bleu; elle représente le Martyre de Thomas Becket.

Haut., 8 cent.; larg., 13 cent.

ÉMAUX DE LIMOGES

152 — Plaque carrée. Peinture en émaux de couleur attribuée à JEAN I PÉNICAUD. Elle représente le sujet de l'Annonciation.

Haut., 20 cent.; larg., 18 cent.

153 — Deux tableaux rectangulaires. Peinture en grisaille et émaux colorés, en partie sur paillons, par JEAN II PÉNICAUD. La Décapitation de sainte Valère et scène tirée de la légende de saint Martial. Au revers de l'une, le poinçon de l'artiste.

Haut., 14 cent.; larg., 20 cent.

Collection du baron de Theïs.

154 — Petit triptyque. Peinture en grisaille sur fond noir d'un ton très doux, par JEAN II PÉNICAUD. Il se compose de huit petites plaques rectangulaires dont sept représentent des scènes de la vie du Christ.

Hauteur, y compris la monture en ébène, 17 cent.; larg., 29 cent.

Collection du baron de Theïs.

155 — Plaque carrée. Peinture en émaux de cou-

leurs sur fond noir, attribuée à Jean II Pénicaud. Buste de la Vierge, de trois quarts à droite. Elle porte un voile émaillé gros bleu. On voit, au revers, le poinçon des Pénicaud répété cinq fois.

Haut., 15 cent.; larg., 11 cent.

Collection Roux, de Tours.

156 — Plaque rectangulaire. Peinture en grisaille sur fond noir, chairs teintées et rehauts d'or. Samson incendiant les blés des Philistins. Au revers, le poinçon de l'artiste, trois fois répété. 500 Bourgeois

Haut., 6 cent.; larg., 12 cent.

Collection Poncelet, d'Auxerre.

157 — Coffret oblong en cuivre doré reposant sur quatre chevaux couchés. Il est décoré de cinq plaques rectangulaires peintes en grisaille, chairs teintées, attribuées à Jean II Pénicaud et représentant diverses scènes tirées de l'Ancien et du Nouveau Testament. 1250 Baron

Haut., 9 cent.; larg., 14 cent.

158 — Petite plaque rectangulaire. Peinture en gri- 260 Bourgeois

saille sur fond noir, attribuée à KIP. Soumission à un conquérant, composition de sept figures.

Haut., 45 millim.; larg., 92 millim.

Collection du baron de Theïs.

159 — Plaque de forme cintrée. Peinture en grisaille sur fond noir, attribuée à MARTIN DIDIER, dit PAPE. Elle représente le Christ insulté.

Haut., 12 cent.; larg., 24 cent.

160 — Plaque oblongue légèrement bombée et arrondie à ses extrémités. Peinture en émaux de couleur, partie sur paillons et rehauts de dorure, par JEAN COURTOIS. Elle représente le Christ présenté au peuple et la Flagellation.

Haut., 11 cent.; larg., 31 cent.

161 — Salière de forme sphérique surbaissée sur piédouche. Peinture en émaux de couleur, partie sur paillons et à fond noir, par JEAN COURTOIS. La cavité présente une tête d'empereur romain de profil à gauche, qui se détache sur le fond noir pointillé d'or. La panse offre des mascarons, des têtes de chérubins et des figures gro-

tesques. Le piédouche est décoré de figures de femmes, de satyres et de cavaliers. Le sigle de l'artiste se lit sous le piédouche.

Haut., 103 millim.

162 — Beau couvercle de coupe. Peinture en grisaille, chairs colorées sur fond noir et rehauts d'or, attribuée à Jean Courtois. A l'extérieur, le Triomphe de Bacchus, composition d'un grand nombre de figures. A l'intérieur, quatre bustes séparés par des arabesques d'or.

Diam., 197 millim.

Collection Timbal.

163 — Autre beau couvercle de coupe. Peinture en grisaille sur fond noir, chairs teintées et rehauts d'or, attribuée à Jean Courtois. A l'extérieur, quatre bustes de femmes et de guerriers séparés par des cariatides se terminant en hermès et supportant un cartouche. Dans les entredeux sont des oiseaux de variétés diverses. A l'intérieur, quatre bustes séparés par des arabesques d'or.

Diam., 187 millim.

Collection Timbal.

164 — Plaque carrée. Peinture en grisaille rehaussée de vert et de bleu, attribuée à Jean Courtois. Guerriers conduisant des prisonniers.

Hauteur et largeur, 157 millim.

165 — Plaque en losange. Peinture en grisaille sur fond noir et rehauts d'or, par Léonard Limosin. Tête laurée de Domitien, empereur, de profil, à gauche. Il est couronné de lauriers.

Diamètre, sans le cadre en bois noir et plaques d'émail, 19 cent.

Collection Poncelet, d'Auxerre.

166 — Médaillon ovale. Peinture en émaux colorés, en partie sur paillons et rehaussée d'or, par Suzanne de Court. Le Sacrifice d'Abraham. Belle qualité. Le monogramme de l'artiste se lit en haut, à droite.

Haut., 87 millim.; larg., 65 millim.

Collection du baron de Theïs.

167 — Petite plaque rectangulaire. Peinture en grisaille, attribuée à Pierre Raymond. Le Pas-

sage de la mer Rouge. On lit sur un cartel : SVBMERSVS PHARAON. SALVATVR ISRAEL. Dans un cadre en cuivre ciselé.

Haut., 7 cent.; larg., 10 cent.

Collection du baron de Theïs.

168 — Assiette. Peinture en émaux de couleurs et en grisaille, chairs teintées avec rehauts de dorure, attribuée à PIERRE RAYMOND. Au fond, scènes champêtres, allégorie du mois d'avril ; au marli, cariatides se terminant en rinceaux et mascarons en grisaille, chairs teintées, sur fond noir. Au revers, cariatides portant des coupes et reliées par des draperies. Dans les entre-deux, sirènes mâles et femelles se faisant face ; le tout en grisaille. Au pourtour, quatre cartouches simulant des camées reliés par des arabesques d'or. 700 Wetterhan

Diam., 20 cent.

Collection Bernal.

169 — Plaque ovale et convexe. Peinture en émaux de couleur, par PIERRE RAYMOND. Berger gardant son troupeau et scènes champêtres diverses. Dans le haut, le signe du sagittaire. 500 Grunberg

Haut., 156 millim.; larg., 188 millim.

170 — Six plaques ovales et convexes. Peintures en émaux de couleur, par PIERRE RAYMOND, représentant six des mois de l'année figurés par des sujets ayant trait aux travaux des champs.

Haut., 66 millim.; larg., 85 millim.

171 — Triptyque composé de huit petites plaques rectangulaires peintes en grisaille teintée sur fond noir rehaussé d'or. XVIe siècle. Elles représentent la figuration des différents versets du Pater avec légendes en vieux français. La monture est en ébène.

Hauteur totale, 25 cent.; larg., 38 cent.

Collection du baron de Theïs.

172 — Deux plaques rondes et convexes. — Peinture en grisaille sur fond noir. XVIe siècle. Bustes de *Tarquin Roumein* et de *la Belle Lucresse.*

Diam., 18 cent.

Collection du baron de Theïs.

MATIÈRES DURES

173 — GRANIT ORIENTAL ROSÉ. Deux cassolettes oblongues garnies de montures du temps de

Louis XVI, en bronze ciselé et doré ; cette monture se compose d'une base à angles rentrants et arrondis striés à mille raies, d'une gorge repercée à jour à laquelle se rattachent deux anses carrées qui offrent dans leur partie verticale deux retombées de feuilles de laurier ; le bouton du couvercle se compose d'une graine placée au centre d'une rosace oblongue. Les pièces sont évidées d'épaisseur et reposent sur des socles en bois noir garnis d'un rang de perles en cuivre doré.

Hauteur totale, 38 cent.; larg., 46 cent.

174 — Porphyre rouge oriental. Vase couvert, de forme ovoïde allongée, à deux anses arrondies, reliant le col à la panse et prises dans la masse. Il repose sur un socle rond en marbre vert antique avec tore et plinthe en marbre noir.

1500 Stettiner

Hauteur du vase, 43 cent.
Hauteur du socle, 11 cent.

175 — Brèche universelle. Vase couvert, à panse ovoïde et gorge, reliées par deux anses carrées prises dans la masse.

655 Stettiner

Haut., 41 cent.

176 — Serpentin d'Égypte. Socle rond garni d'une base à tore de lauriers et d'une corniche à oves en bronze ciselé et doré.

vendu avec le 104

Haut., 21 cent.; diam., 33 cent.

177 — Marbre petit antique. Urne antique de forme surbaissée et à deux anses formées de tubes posés horizontalement et pris dans la masse.

Haut., 12 cent.; diam., 21 cent.

FERS

178 — Coffret oblong à couvercle cintré en fer, couvert d'arabesques damasquinées d'or et d'argent. Les ferrures forment saillie et présentent à leur partie inférieure des épattements composés de trois tranches verticales. Italie, xvie siècle.

Haut., 9 cent.; larg., 13 cent.

179 — Jolie plaque carrée en fer repoussé et damasquiné d'or. Elle représente des cavaliers traversant un camp. xvie siècle.

Haut., 10 cent.; larg., 11 cent.

180 — Plaque de même travail représentant un cavalier au galop. xvie siècle.

Haut., 99 millim.; larg., 116 millim.

181 — Plaque carrée en fer repoussé et damasquiné

d'or. Elle représente un guerrier, un mascaron et divers attributs guerriers. XVIe siècle.

Haut., 125 millim.; larg., 90 millim.

Collection Le Roy Ladurie.

182 — Pièce d'angle en fer forgé et ciselé, composée d'enroulements et d'un aigle. XVIe siècle. 205

Haut., 15 cent.

Collection Le Roy Ladurie.

183 — Petite plaque ronde en fer repoussé : mascaron, tête de satyre, au centre d'un cartouche enrichi de groupes de fruits. 90

Diam., 56 millim.

184 — Verrou en fer repoussé, portant le blason de France surmonté de la couronne royale, ainsi que les croissants mal ordonnés de Diane de Poitiers. 130 Simon Goldschmidt

Long., 12 cent.

185 — Couteau persan à lame droite dont le talon est damasquiné d'or ; poignée en morse avec garniture damasquinée et fourreau en velours. 120

ETAIN

186 — Étain. Beau plat de F. Briot, à double frise au pourtour de l'ombilic qui est décoré de la figure du dieu Mars. Le marli présente en relief, dans des compartiments ovales et oblongs, les figures des parties du monde et de personnages célèbres : Jules César, Alexandre le Grand, etc., séparés par des cariatides ailées, des satyres, des trophées d'armes et des vases de fleurs. Près du cartouche, qui renferme la figure allégorique de l'Europe, se voient deux petits écussons armoriés surmontés des lettres B T. (Briot ?) et M V G.

Diam., 49 cent.

CUIVRES

187 — Pot à panse surbaissée et col droit en cuivre jaune ; le goulot, formé d'une tête fantastique, est relié à la panse à l'aide d'un mascaron ; l'anse présente un décor analogue et le couvercle est surmonté d'un oiseau. Dinanderie allemande du xve siècle.

Haut., 25 cent.

188 — Plat rond en cuivre jaune repoussé, décoré de quatre cerfs au galop et de godrons. xve siècle.

Diam., 48 cent.

Collection Rivet.

189 — Deux plats ronds en cuivre, couverts d'un riche décor d'entrelacs et d'ornements gravés. Venise, xvie siècle.

Diam., 44 cent.

190 — Plat rond en cuivre jaune, entièrement couvert de riches arabesques de style oriental. Venise, xvie siècle.

Diam., 41 cent.

191 — Plat analogue à celui qui précède.

Diam., 40 cent.

192 — Deux flambeaux bas à douille en forme de vase ovoïde, avec plateau et base large, en cuivre gravé à ornements feuillagés. Travail vénitien, xvie siècle.

Haut., 14 cent.

193 — Plat rond en cuivre jaune, décoré, au pourtour de l'ombilic, au fond et au marli, de guir-

landes de feuillages, de rinceaux et d'ornements variés gravés. L'ombilic présente une plaque d'argent portant des armoiries exécutées en émaux translucides. XVIe siècle.

Diam., 46 cent.

194 — Très grand plat rond en cuivre repoussé et argenté. Au fond, médaillon circulaire encadré d'un tore de lauriers et de côtes en spirales. Le marli est décoré d'une couronne de fleurs et de rinceaux en relief. Époque Louis XIII.

Diam., 65 cent.

Collection Rivet.

OBJETS VARIÉS

195 — ÉVANGÉLIAIRE. Manuscrit in-4° sur vélin de la première moitié du XVe siècle, enrichi de miniatures à pleines pages et de grandes lettres ornées à fond d'or. La reliure, en peau, est décorée de gaufrages à ornements, figures, animaux, et porte, plusieurs fois répétée, l'inscription : *Ave Maria,* en caractères gothiques.

196 — Deux plaques carrées, peintures églomisées

sur verre avec rehauts de dorure : sur l'une, saint Pierre et saint Paul vus à mi-jambes; sur l'autre, saint Jean et saint Luc; au pourtour, longue inscription latine. Italie, XVIe siècle.

Haut., 78 millim.; larg., 85 millim.

197 — Petite horloge allemande de forme oblongue, en cuivre finement gravé et doré, à sujets tirés de la fable et du Nouveau Testament. Le dessus, dômé, décoré de bustes et d'ornements, est repercé à jour et surmonté d'une figurine de guerrier debout. XVIe siècle. 590 Brauer

Hauteur, y compris le socle, 24 cent.

198 — Vidrecome en argent repoussé, doré en partie, décoré de figures dans un paysage. Le couvercle est orné d'une médaille de Charles XII, roi de Suède. XVIIIe siècle. 360 Simon Goldschmidt

Haut., 21 cent.

Collection Lenoir.

199 — Buire orientale piriforme et à pans, avec anse et goulot en S en argent doré en partie, couverte d'arabesques fleuries, finement gravées; le couvercle est surmonté d'une chimère; l'anse et le goulot s'échappent de têtes fantastiques. 410 id

Haut., 33 cent.

MEUBLES

200 — Dressoir Louis XII à angles coupés, fermant à une porte, en bois de chêne sculpté à médaillons-bustes, candélabres, dragons, banderoles, etc. Il présente sur sa face principale deux retombées formées de bustes d'anges et il est surmonté d'un panneau à double motif d'ornements avec frise découpée à jour, sur laquelle se trouvent trois animaux fantastiques.

Haut., 2 m. 24 cent.; larg., 89 cent.

201 — Joli dressoir de l'époque de Louis XII, en chêne sculpté. La porte et les panneaux sont décorés de médaillons-bustes et d'arabesques. Il est remarquable par sa pureté. La menuiserie seule des tiroirs a été retirée pour en faire des armoires. Il renferme une caisse-coffre-fort en fer.

Haut., 1 m. 36 cent.; larg., 95 cent.

Collection Henri Delange.

202 — Meuble Renaissance à deux corps, en bois de noyer sculpté incrusté de plaques de marbre. Les portes du corps inférieur représentent les figures allégoriques de l'Automne et de l'Hiver, et celles du corps supérieur, des têtes de chérubins et des ornements. Aux angles, colonnes

engagées, et, dans la frise supérieure, aigle aux ailes éployées.

Haut., 1 m. 90 cent.; larg., 1 m. 10 cent.

203 — Soufflet en bois sculpté rehaussé de dorures ; il présente sur sa face principale un cartouche qui renferme les figures de Vulcain et de l'Amour. Le canon de bronze s'échappe d'une tête fantastique et le manche porte un écusson armorié, dominé par un petit buste. 920

Longueur totale, 79 cent.

204 — Quatre portes de meubles du temps de Louis XII, en bois de chêne, composées chacune de six panneaux décorés de bustes et de candélabres ornés. Ces portes ont conservé leurs ferrures et leurs targettes du temps. 1350

Haut., 78 cent.; larg., 71 cent.

205 — Fauteuil en bois de noyer sculpté, enrichi d'incrustations de bois de couleur ; il repose sur quatre pieds dont deux sont formés de colonnes lisses, reliées par des traverses ; les bras se terminent par des têtes de bélier et le dossier à balustre central, de forme aplatie, est surmonté d'un fronton découpé, décoré d'une tête de chérubin. 950

Hauteur totale, 1 m. 29 cent.

206 — Siège analogue au précédent et pouvant lui servir de pendant.

207 — Très grand cabinet fermant à deux portes, en bois d'ébène sculpté. Chacune des portes présente, dans des médaillons ovales, des groupes de figures allégoriques. Ces médaillons sont placés au centre de cartouches enrichis de figures debout, de satyres assis et d'amours voltigeant. Des figures de femmes décorent les angles des panneaux. La frise supérieure représente des jeux de tritons et de naïades. Les tiroirs à l'intérieur du meuble présentent également des scènes de jeux de divinités marines. La partie centrale du meuble ferme à deux portes décorées chacune d'une figure mythologique debout. Ces portes sont marquetées à l'intérieur et cachent une sorte de tabernacle d'aspect architectural et décoré de peintures représentant des figures et des scènes mythologiques. Ce meuble repose sur une table-console à six colonnes torses gravées et à frise sculptée. Époque Louis XIII.

Haut., 1 m. 93 cent.; larg., 1 m. 77 cent.

208 — Six belles chaises à dossiers hauts, en bois sculpté, à rinceaux et ornements variés. Travail flamand très soigné du XVIIe siècle.

Haut., 1 m. 24 cent.

On s'abonne aux B

MENT
28 fr. ; Un an, 56 fr.
34 fr. ; — 68 fr.
36 fr. ; — 72 fr.
DE CHAQUE MOIS
5 centimes.
Hébrard
s communiqués
aliens, PARIS
PARIS

La vente Goldschmidt

Il y a chaque année une vente qui, par son importance et son intérêt, domine toutes celles qui l'entourent et laisse par la suite un souvenir plus ou moins retentissant. La grande vente de l'année 1888 sera celle de la collection Goldschmidt qui a commencé hier à la galerie de la rue Sèze. La première vacation, qui comprenait les tableaux modernes, a produit 797,570 francs.

L'enchère la plus importante a été obtenue par le tableau la *Vallée de la Toucque*, qui passe pour être le chef-d'œuvre de Troyon. Ce tableau avait figuré au Salon de 1853 où il avait été acheté 10,000 francs par Mme la comtesse Lehon ; il figura ensuite à

déclaré que la panique provoquée à ce sujet a choqué nombre de citoyens ; lui-même estime que les voies constitutionnelles suffisent et sont les seules à suivre sous un un régime régulier, pour résoudre les questions de confiance en matière gouvernementale. Une réunion publique tenue à ce sujet n'aurait aucun effet moral ou pratique et constituerait une manifestation indigne d'une grande nation, à laquelle la municipalité ne saurait s'associer.

DÉPÊCHES TÉLÉGRAPHIQUES

DES CORRESPONDANTS PARTICULIERS DU **Temps**

Berlin, 18 mai, 9 heures.

L'empereur a passé hier une très bonne journée.

Jusqu'à sept heures du soir, il est resté dans le parc et il a fait, à plusieurs reprises, de courtes promenades à pied.

Il s'est occupé des préparatifs que l'on fait au château de Charlottenbourg en vue de la réception des personnages princiers que l'on attend pour la célébration du mariage du prince Henri.

Dans l'après-midi, l'empereur a travaillé avec le ministre de la guerre.

Berlin, 18 mai, 9 heures.

La *Gazette de l'Allemagne du Nord* publie, en tête de sa revue politique, les lignes suivantes :

« De nombreuses lettres qui nous sont parvenues, pendant ces derniers jours, confirment que les démonstrations absolument blâmables en faveur de M. Schœnerer ont produit à Vienne une pénible impression.

» A Berlin, aussi bien qu'à Vienne, ces démonstrations ont été généralement désapprouvées et même blâmées, et, dans toute la presse allemande, comme nous sommes heureux de le constater, il ne s'est pas élevé une seule voix digne d'attention pour chercher à excuser ces manifestations grossières et l'abus qu'on a fait, à cette occasion, du drapeau et de l'hymne national allemands.

» Ces manifestations doivent être considérées, sous tous les rapports, comme des démonstrations grossières, et elles étaient surtout dépourvues de tact en se produisant à la veille de la belle fête nationale que célébrait la ville de Vienne en l'honneur de son glorieux souverain, auquel la monarchie austro-hongroise est redevable de son unité.

» A part l'Autriche-Hongrie, c'est l'Allemagne qui est le plus en mesure d'apprécier toute la valeur de cette unité, et toutes les tentatives de la compromettre trouveront toujours chez nous, plus que dans tout autre pays, une condamnation absolue. »

Berlin, 18 mai, 11 h. 15.

Les feuilles officieuses disent qu'il faut s'attendre prochainement à de nouvelles mesures énergiques du cabinet de Berlin contre l'inondation du marché par les céréales russes.

La *Gazette nationale* apprend qu'il est question de transporter l'empereur, à la fin de ce mois, par eau, au château de Friedrichskron.

Ce matin, l'empereur est de nouveau descendu dans le parc, et il s'y trouve à l'heure qu'il est.

Vienne, 18 mai, 9 h. 30.

Le *Wiener Tagblatt* reçoit de Belgrade les informations suivantes sur le voyage du roi Milan à Vienne :

« Le roi a fait ce voyage sur les instances de MM. Christitch et Garachanine. Le président du conseil aurait dit ne pas vouloir prendre la responsabilité de conseiller au roi le divorce.

» La rencontre du roi et de la reine — ajoute la feuille viennoise — a été officiellement correcte et cordiale ; mais, paraît-il, les deux époux ne se sont pas parlé sans témoins.

» On dit, toutefois, que la reine Nathalie ira prochainement à Belgrade et que le prince royal sera envoyé, pour continuer ses études, à Stuttgard. »

Tunis, 17 mai.

La création de six compagnies d'infanterie légère d'Afrique va permettre la rentrée prochaine en France du 30e bataillon de chasseurs et des deux compagnies du 27e restées en Tunisie.

Quatre des compagnies d'infanterie légère occuperont les postes du sud de la régence.

Hier a eu lieu, à Schemtou, l'inauguration du musée créé par la Société des carrières romaines, en présence de MM. Heron de Villefosse et de la Blande recueil[illegible] exactes, aussi neuves, avec si peu de peine et tant de facilité, pour recommencer ou contrôler ses observations. Un an de séjour dans un milieu pareil ferait faire aux sciences astronomiques plus de progrès que cent ans d'études dans l'atmosphère terrestre. Et que serait-ce, si on disposait de télescopes aussi puissants que ceux des grands observatoires... Enfin, il faut se contenter des moyens dont on dispose !... Je me tiendrais pour satisfait de pouvoir seulement les utiliser pendant cinq ou six nuits lunaires de quatorze fois vingt-quatre heures !... Il n'en faudrait pas plus pour me placer au premier rang des astronomes.

l'Exposition universelle de 1855 et il fut l'objet de critiques violentes. Théophile Gautier prit la défense de l'œuvre de Troyon.

C'est d'abord comme paysagiste, disait-il, que s'est posé M. Troyon, et il s'est montré l'égale des Cabat, des Dupré, des Rousseau. Il aurait pu s'en tenir là, sa réputation était faite ; mais en fréquentant la campagne il s'est épris des animaux ; il n'a plus voulu peindre l'herbage sans la vache, la prairie sans le mouton, le champ sans le bœuf, la forêt sans le chien ; d'ailleurs, les bestiaux font de si belles taches rousses sur le vert des gazons et tout ce mobilier vivant anime avec tant de charme la placidité un peu morne de la nature. Cette *Vallée de la Toucque*, si fraîche, si humide, si grasse, si luxuriante sous ce large ciel traversé de souffles balsamiques et de rayons argentés, serait bien moins belle solitaire. Quel excellent effet y produisent ces bêtes superbes aux flancs moirés, aux fanons puissants qui nagent en plein poitrail dans l'Océan vert du pâturage ! Et cependant il suffisait du paysage pour faire encore une convenable toile.

A cause de ses dimensions, 1 mètre 90 centimètres en hauteur sur 2 mètres 65 centimètres en largeur, Mme la comtesse Lehon le céda à M. Goldschmidt. Ce dernier fut traité d'imprudent, de téméraire même, parce qu'il payait à cette époque mille francs une œuvre importante de Delacroix dans l'atelier du maître, qui était bien heureux de la vendre si cher.

La vente de cette collection avait attiré à la galerie Petit une affluence considérable qui, à plusieurs reprises, a souligné de ses applaudissements la vente d'un tableau important. La *Vallée de la Toucque* a donné lieu à une lutte intéressante entre plusieurs amateurs américains et quelques collectionneurs français. Sur une demande de 200,000 fr., ce tableau a été mis à prix à 100,000 fr. et, par enchères de 1,000 francs, est rapidement arrivé à 175,000 fr. et a été acquis à ce prix par M. Bischoffsheim. C'est l'enchère la plus importante qu'ait jamais obtenue en France un tableau moderne, *1814*, par Meissonier, qui fut vendu en 1886 dans la vente Defoer n'avait obtenu que 128,000 fr., et l'*Angelus*, par J.-F. Millet, dans la vente Wilson en 1881 que 160,000 fr.

Une autre œuvre importante du même maître, la *Barrière*, que certaines personnes préfèrent même à la *Vallée de la Toucque*, bien qu'elle soit bien moins importante que cette dernière, sur une demande de 100,000 fr., et sur une mise à prix de 50,000 fr., est montée à 101,000 fr. et a été acquise par M. Arnold ; du même, également, un charmant tableau, l'*Abreuvoir le matin*, qui avait été payé 2,200 fr. en 1857, a été adjugé 35,000 fr. à M. Bague, sur une demande de 25,000 fr. *Chênes et Roses trémières*, qui avaient été achetés 2,000 fr. à la vente Véron, en 1858, sur une demande de 15,000 fr., ont été adjugés 16,000 fr. à M. de Montgermont.

La collection de M. Goldschmidt comprenait vingt-quatre Decamps.

Voici les principaux prix obtenus par quelques-uns de ces tableaux : *Cour de ferme*, sur une demande de 30,000 fr. et sur une mise à prix de 12,000 fr., a été adjugée 30,400 fr. à M. Blumenthal ; la *Porchère*, demande 15,000 fr., mise à prix 5,000 fr., vendue 10,200 fr. ; *Paysan italien allumant sa pipe*, demande 20,000 fr., mise à prix 8,000, adjugé 12,000 fr. à M. Herz ; la *Chasse au miroir*, demande 10,000 fr., achetée 8,300 fr. par M. Paulme.

Le *Chat, le Lapin et la Belette*, demande 12,000 fr., payé 10,000 fr. par M. Montaigne.

La *Chasse au renard* demande 15,000 fr., vendue 12,000 fr. à M. Paulme ; *Bouledogue et terrier écossais*, 16,600 fr. à l'Etat pour le musée du Louvre ; *Repos de la sainte famille*, qui avait été acheté 3,800 fr. en 1861, 9,000 fr. Les *Petits mendiants*, 5,000 fr. *Ruines, paysage italien*. 5,100 fr. *Diogène* 5,800 fr. à M. Augotin. *Sancho*, dessin, 2,100 fr. à M. Adam.

Les œuvres de Delacroix, bien que se vendant toujours fort cher, semblent ne plus être appréciées aux hauts prix auxquels ils étaient arrivés il y a quelques années ; la collection Goldschmidt en possédait dix : *Herminie et les bergers*, sur une demande de 25,000 fr. et une mise à prix de 10,000 fr., a été vendu 25,400 fr. à M. Porto Riche ; *Choc de cavaliers arabes*, sur une demande de 15,000 fr., a été adjugé 7,600 fr. ; les *Joueurs d'échecs*, demande 15,000 fr., payés 12,200 fr. ; les *Côtes du Maroc*, œuvre importante ayant figuré aux cent chefs-d'œuvre, sur une demande de 40,000 fr. et sur une mise à prix de 20,000 fr., ont été poussées à 50,000 fr. par M. Tanien. *Cavalier grec*, estimé 12,000 fr., vendu 9,900 fr. *Christ en croix* qui avait été payé 20,000 fr. dans la vente Laurent Richard a été payé 15,000 fr. sur une demande de 20,000 fr.

L'*Enlèvement de Rébecca*, qui avait été payé fort cher dans la vente Sabatier, en 1883, après avoir été adjugé 2,900 fr. dans la vente Collot, en 1852, 2,200 francs, en 1856, 27,000 fr. dans la vente Edwards, en 1870, a été vendu 29,100 fr., sur une demande de 35,000 fr., à M. Knoedler, de New-York.

Cette collection comprenait encore des œuvres de quelques autres maîtres qui se sont vendues à des prix élevés. *Venise au coucher du soleil*, par Ziem, sur une demande de 25,000 fr. et une mise à prix de 10,000 fr., a été adjugé 26,200 fr. ; un petit tableau de Théodore Rousseau, la *Rivière*, mesurant 19 centimètres en hauteur et 26 centimètres en longueur, sur une demande de 20,000 fr., a été payée 25,000 fr. ; le *Docteur*, par Meissonier, demande 10,000 fr., vendu 17,000 fr. à M. Lebaudy ; un petit tableau de Jules Dupré, le *Moulin à vent*, 20,100 fr. ; *Cerf sous bois*, du même, 10,700 fr. au prince Basilewski ; une petite étude, le *Château de Fontainebleau*, par Corot, 6,000 fr., et enfin un tableau de Géricault, qui avait été payé 11,500 fr. dans la vente Laurent Richard, après avoir été adjugé 3,300 fr. dans la vente Van Cuyck, en 1866, et 4,050 fr. dans la vente Marmontel, a été vendu 8,500 fr. à M. Fournier.

Malgré la chaleur accablante, cette vente était fort bien dirigée par le président des commissaires-priseurs, M. Escribe, qui remplaçait M. Paul Chevalier, malade. Cette adjudication comprenait 53 tableaux ; la moyenne de chaque numéro dépasse donc 15,000 fr.

www.ingramcontent.com/pod-product-compliance
Ingram Content Group UK Ltd.
Pitfield, Milton Keynes, MK11 3LW, UK
UKHW021631260726
13994UKWH00003B/1163